志村正彦全詩集

PARCO出版

志村正彦全詩集　目次

TEENAGER

CHRONICLE

フジファブリック

桜の季節

桜の季節過ぎたら遠くの町に行くのかい？
桜のように舞い散ってしまうのならばやるせない

ならば愛を込めて　手紙をしたためよう
作り話に花を咲かせ　僕は読み返しては感動している！
桜の季節過ぎたら遠くの町に行くのかい？
桜のように舞い散ってしまうのならばやるせない

その町にくりだしてみるのもいい
桜が枯れた頃　桜が枯れた頃

坂の下　手を振り　別れを告げる　車は消えて行く
そして追いかけていく　諦め立ち尽くす　心に決めたよ

ならば愛を込めて　手紙をしたためよう
作り話に花を咲かせ　僕は読み返しては感動している！

桜の季節過ぎたら遠くの町に行くのかい？
桜のように舞い散ってしまうのならばやるせない

TAIFU

想像に乗ってゆけ　もっと足早に先へ進め
想像に乗ってゆけ　もっと足早に先へ進め
放送のやってないラジオを切ったら　すぐさま行け
放送のやってないラジオを切ったら　そしたらそろそろ

虹色　赤色　黒色　白！
虹色　赤色　黒色　白！
虹色　赤色　黒色　白！
皆染まっているかのよう！

飛び出せレディーゴーで　踊ろうぜ　だまらっしゃい
飛び出せレディーゴーで　踊ろうぜ　だまらっしゃい
往年のロックかけ　ハットのリズムで　どこでも行け
往年のロックかけ　ハットが抜けたら　そしたらそろそろ
虹色　赤色　黒色　白！

虹色　赤色　黒色　白！
虹色　赤色　黒色　白！
皆染まっているかのよう！

飛び出せレディーゴーで　踊ろうぜ　だまらっしゃい
飛び出せレディーゴーで　踊ろうぜ　だまらっしゃい

感情の赴いたままに　どうなってしまってもいいさ
感情の赴いたままに　どうなってしまってもいいさ
感情の赴いたままに　どうなってしまってもいいさ
感情の赴いたままに　どうなってしまってもいいさ

飛び出せレディーゴーで　踊ろうぜ　だまらっしゃい
飛び出せレディーゴーで　踊ろうぜ　だまらっしゃい
飛び出せレディーゴーで　踊ろうぜ　だまらっしゃい
飛び出せレディーゴーで　踊ろうぜ　だまらっしゃい

陽炎

あの街並　思い出したときに何故だか浮かんだ
英雄気取った　路地裏の僕がぼんやり見えたよ
またそうこうしているうち次から次へと浮かんだ
残像が胸を締めつける

隣のノッポに借りたバットと
駄菓子屋に　ちょっとのお小遣い持って行こう
さんざん悩んで　時間が経ったら
雲行きが変わって　ポツリと降ってくる
肩落として帰った

窓からそっと手を出して
やんでた雨に気付いて

慌てて家を飛び出して
そのうち陽が照りつけて
遠くで陽炎が揺れてる　陽炎が揺れてる

きっと今では無くなったものもたくさんあるだろう
きっとそれでもあの人は変わらず過ごしているだろう

またそうこうしているうち次から次へと浮かんだ
出来事が胸を締めつける

窓からそっと手を出して
やんでた雨に気付いて
慌てて家を飛び出して
そのうち陽が照りつけて
遠くで陽炎が揺れてる　陽炎が揺れてる
陽炎が揺れてる

追ってけ　追ってけ

めらめら燃える相手の目見ると
すぐにそらしてしまったのだった

むずがゆいね　水飲み干しちゃって

きらきら光る　目細めて見る
前髪の影　ちょっとだけ見える

もどかしいね　邪魔な物は取って

追ってけ追ってけ追ってけよ

ほら手と手　手と手
追ってけ追ってけよ
ほら手と手　手と手

ゆらゆら揺れる煙草のけむり
黙った二人　喫茶店の隅っこ

飛び出すのは　時間の問題さ

追ってけ追ってけよ
ほら手と手　手と手
追ってけ追ってけよ
ほら手と手　手と手

追ってけ追ってけよ
ほら手と手　手と手
追ってけ追ってけ追ってけよ
ほら手と手　手と手

打上げ花火

夜霧の向こう側　人影が見えたんだ
ぱらぱらぱらぱらと　鼻垂らし小僧だった
運ばれてくるのは　焦げ臭い香りだ
ちかちかちかちかと　瞬くものを見た
微睡むお月さんの顔めがけ打上げ花火を撃った!!
のっそのっそお地蔵さんの行列も打上げ花火を撃った!!

TOKYO MIDNIGHT

何処からともなく　夜更けの街は
いやらし男と　かしまし娘
パジャマで　パヤパヤ
朝までお邪魔？　朝までお邪魔??

花

どうしたものか　部屋の窓ごしに
つぼみ開こうか迷う花　見ていた

かばんの中は無限に広がって
何処にでも行ける　そんな気がしていた

花のように儚くて色褪せてゆく
君を初めて見た日のことも

月と入れ替わり　沈みゆく夕日に
遠吠えの犬の　その意味は無かった

花のように儚くて色褪せてゆく
君の笑顔を見た日のことも

サボテンレコード

でも　でも　だってね　それが口癖だったね
進む感情論　へっぽこの男にゃ分からん
例えお偉くなっても　何も分からなそうだよ
揺れる感情の矛先を待ってる

止まらないんだよ　時は何万光年も
時計　チクチク　タク　チクチク　タク　進む

ならば全てを捨てて　あなたを連れて行こう
今夜　荷物まとめて　あなたを連れて行こう

何も意味は無かったが　ステレオのスウィッチ
入れて　30年遡り　かけた音楽
それはボサノバだったり　ジャズに変えては　まったり
リズム　チキチキ　ドン　チキチキ　ドンドコ

ならば全てを捨てて　あなたを連れて行こう
今夜　荷物まとめて　あなたを連れて行こう

サボテン持って　レコード持って
やりかけだったパズルは捨て
車に乗って　夕日に沿って
知る人もいないとこに着くまで

赤黄色の金木犀

もしも過ぎ去りしあなたに
全て伝えられるのならば
それは叶えられないとしても
心の中　準備をしていた

冷夏が続いたせいか今年は
なんだか時が進むのが早い
僕は残りの月にする事を
決めて歩くスピードを上げた

赤黄色の金木犀の香りがしてたまらなくなって
何故か無駄に胸が騒いでしまう帰り道

期待外れな程　感傷的にはなりきれず
目を閉じるたびにあの日の言葉が消えてゆく

いつの間にか地面に映った
影が伸びて解らなくなった

赤黄色の金木犀の香りがしてたまらなくなって
何故か無駄に胸が騒いでしまう帰り道

夜汽車

長いトンネルを抜ける　見知らぬ街を進む
夜は更けていく　明かりは徐々に少なくなる

話し疲れたあなたは　眠りの森へ行く

夜汽車が峠を越える頃　そっと
静かにあなたに本当の事を言おう

窓辺にはおづえをついて寝息を立てる
あなたの髪が風に揺れる　髪が風に揺れる
夜汽車が峠を越える頃　そっと
静かにあなたに本当の事を言おう

FAB FOX＋蒼い鳥

モノノケハカランダ

遠くなってくサイレンと見えなくなった赤色灯
カーブになってるアスファルトが夜になって待ってる
横並んで始まった　ダンスにだって見えた
思いのほかデッドヒート　止まるなって言ってる
獣の俺　轟け！　もうモノノケ　ノケノケ！

コードEのマイナー調で陽気になってマイナーチェンジ
リズムの束　デッドヒート　止まれなくなってる

獣の俺　轟け！　もうモノノケ　ノケノケ！

焦げてしまったハカランダのギターが唸っている
思いのほかデッドヒート　止まれなくなってる

獣の俺　轟け！　もうモノノケ　ノケノケ！

Sunny Morning

どこかに行くならカメラを持って
まだ見ぬ世界の片隅へ飛び込め！

目覚めとともに消えてしまうんだ
それらを何かに記したい

さあ　旅立ちの朝　始まりの時
大きな空　今日も色が塗られるよ　はい　快晴

四角のフレーム　即席の手
しゃがんで写せばプロ気分
詰め込む景色　求める行き場
あなたに何かを伝えたい

さあ　旅立ちの朝　始まりの時
大きな空　今日も色が塗られるよ　はい　快晴
どこかに行くならカメラは置いて
新しい靴を履いたら　オーケー　飛び込め！飛び込め！

銀河

真夜中　二時過ぎ　二人は街を逃げ出した
「タッタッタッ　タラッタラッタッタッ」と　飛び出した
丘から　見下ろす　二人は白い息を吐いた
「パッパッパッ　パラッパラッパッパッ」と　飛び出した
U. F. O. の軌道に乗って　あなたと逃避行
夜空の果てまで向かおう

U.F.O.の軌道に沿って　流れるメロディーと
夜空の果てまで向かおう

きらきらの空が　ぐらぐら動き出している！
確かな鼓動が膨らむ　動き出している！

このまま
U.F.O.の軌道に乗って　あなたと逃避行
夜空の果てまで向かおう
U.F.O.の軌道に沿って　流れるメロディーと
夜空の果てまで向かおう

唇のソレ

手も目も鼻、耳も　背も髪、足、胸も
どれほど綺麗でも意味ない

とにもかくにもそう
唇の脇の素敵なホクロ　僕はそれだけでもう…

Ｏｈ　世界の景色はバラ色
この真っ赤な花束あげよう

いつかはきっと二人　歳とってしまうものかもしれない
それでもやっぱそれでいてやっぱり唇のソレがいい！

さあ　終わらないレースの幕開け
もう　世界の景色はバラ色
この真っ赤な花束あげよう

いつかはきっと二人　歳とってしまうものかもしれない
それでもやっぱそれでいてやっぱり唇のソレがいい！

地平線を越えて

左か右か　どちらでもいいか
舌出して笑い飛ばしてしまおう

置いてきた夢　振り返るなかれ
未来が臨戦態勢　輪になって出航！

小さな船でも大いに結構！
めくるめく世界で必死になって踊ろう

地平線を越えて先にさらに進んでいこう
皮肉じみた風が吹くのならヒラリかわして
見えなくなったならすぐに周波数合わして
端から端までスピード落とさないでいこう

地平線を越えて先にさらに進んでいこう
皮肉じみた風が吹くのならヒラリかわして

靄がかかった空　澱む月
押し寄せる波の中に立とう

機械的であれ単調であれ構いはしないさ
必死になって踊ろう

地平線を越えて先にさらに進んでいこう
皮肉じみた風が吹くのならヒラリかわして
見えなくなったならすぐに周波数合わして
端から端までスピード落とさないでいこう

地平線を越えて先にさらに進んでいこう
皮肉じみた風が吹くのならヒラリかわして
見えなくなったならすぐに周波数合わして
端から端までスピード落とさないでいこう

マリアとアマゾネス

なんだなんだ　シビれる声だ　ああ　怒っているのか？
笑うな　とぼけるなと　その口が言ってる

たまらんな　止まらないな　ああ　それ待っていたんだ
騒ぐな　うかれるなと　その口で言ってよ

はいはいはいはい

そうさそうさ　そしたらホラ　試しにちょっとぶってよ？
構うな　おののくな　さあ　その手を汚してよ

はいはいはいはい

がむしゃらなジャズピアノのような　もだえる夜を見せてよ
例えて言えば君はマリア？それとも何か？アマゾネス？

そうだそうだ　シビれる声で　ああ　誘っていけたら
笑うな　のろけるなと　僕もそう分かってる

はいはいはいはい

穏やかな月見の夜のような　眠れる夜を見せてよ
僕の懐にアナマリア　歌いましょうアガジベベ

がむしゃらなジャズピアノのような　もだえる夜を見せてよ
例えて言えば君はマリア？それとも何か？アマゾネス？

ベースボールは終わらない

もくもくもくの雲が流れているよ
東の空からお天道様様

退屈しのぎ探してる　馴染みの仲間を誘って
さあ始めよう　始めよう

ベースボールの音が鳴った　誰もギャラリーいないグラウンド
上空に君を映した

なんか疲れたな　一服をぷかぷか
炭酸飲料で喉に刺激を！

あいつを負かそう　暑くて溶けそう
あいつに当てよう　カーブで決めよう

ベースボールの音が鳴った　誰もギャラリーいないグラウンド
上空に君を映した

ベースボールは終わらないよ　誰一人言わないゲームセット
大飛球を追い駆けるのよ

ベースボールの音が鳴った　誰もギャラリーいないグラウンド
上空に君を映した

雨のマーチ

雨が降ったよ　しとしと降ってたよ
やけに足にまとわりついて取れない
傘が咲いたよ　しぼんだの景色
Ｏｈ　雨　見ていたよ　見ていたよ

雨が降ったよ　しとしと降ってたよ
時間潰そうと入り込んだ店の
ブラックコーヒーが口に合わなくって　ただ
Ｏｈ　雨　見ていたよ　見ていたよ

ぽつりぽつりぽつりと　ほろりほろりほろりと

雨が降ったよ　しとしと降ってたよ
僕を通り過ぎて遠くに行った人
時が経ったよ　戻れなくなっちゃったよ
おあいこにしたり戻したり

雨が降ったよ　しとしと降ってたよ
やけに足にまとわりついて取れない
傘が咲いたよ　しぼんだの景色
Ｏｈ　雨　見ていたよ　見ていたよ

ぽつりぽつりぽつりと　ほろりほろりほろりと

雨のマーチでほろりほろりほろり

水飴と綿飴

とろけるような街の灯りの
魔法に任せた祭りの帰り

流れ星を見つけて微笑む君を見てる

ほら水飴　混ぜたらあげるよ
代わりにその綿飴もちょうだい

ませた君の浴衣に　ませたこと思っていた

ほら水飴　混ぜたらあげるよ
love you、嘘だよ　綿飴をちょうだい

虹

週末　雨上がって　虹が空で曲がってる
グライダー乗って　飛んでみたいと考えている
調子に乗ってなんか　口笛を吹いたりしている

週末　雨上がって　街が生まれ変わってく
紫外線　波になって　街に降り注いでいる
不安になった僕は君の事を考えている

遠く彼方へ　鳴らしてみたい
響け！世界が揺れる！
言わなくてもいいことを言いたい
まわる！世界が笑う！

週末　雨上がって　虹が空で曲がってる
こんな日にはちょっと　遠くまで行きたくなる
缶コーヒー潰して　足をとうとう踏み出す

週末　雨上がって　街が生まれ変わってく
グライダーなんてよして　夢はサンダーバードで
ニュージャージーを越えて　オゾンの穴を通り抜けたい

遠く彼方へ　鳴らしてみたい
響け！世界が揺れる！
言わなくてもいいことを言いたい
まわる！世界が笑う！

もう空が持ち上がる

週末　雨上がって　僕は生まれ変わってく
グライダーなんてよして　夢はサンダーバードで
ニュージャージーを越えて　オゾンの穴を通り抜けたい

遠く彼方へ　鳴らしてみたい
響け！世界が揺れる！
言わなくてもいいことを言いたい
まわる！世界が笑う！

Birthday

体が二つあるなら僕はもっと凄い事をやっていた
なんて思ったら自信家？
ピアノにロックに文芸家にだって　監督だって
しまいにゃ大統領にだってなれるよ　なってやるよ　なんてね

昔、なりたかった自分とはかなり違う現実を見てる
よくある話かい？
だんだんきっと　持ってる秘密も増えるし重くなってく
気がするけれども

今日は特別な夜さ　素敵な夜になりそうだ
みんなが待ってる　急いで帰ろう
心が二つあるならもう少しちょっと思いやりだって持てるよ
器用に使うよ　なんてね

昔、なりたかった自分とはかなり違う現実を見てる
よくある話かい？
だんだんきっと　持ってる秘密も増えるし重くなってく
気がするけれども

今日は特別な夜さ　素敵な夢を見れたらなぁ
明日が待ってる　ゆっくり帰ろう

今日は特別な夜さ　素敵な夜になりそうだ
みんなが待ってる　急いで帰ろう
今日は特別な夜さ　素敵な夢を見れたらなぁ
明日が待ってる　ゆっくり帰ろう

茜色の夕日

茜色の夕日眺めてたら　少し思い出すものがありました
晴れた心の日曜日の朝　誰もいない道　歩いたこと
茜色の夕日眺めてたら　少し思い出すものがありました
君がただ横で笑っていたことや　どうしようもない　悲しいこと
君のその小さな目から大粒の涙が溢れてきたんだ
忘れることは出来ないな　そんなことを思っていたんだ
茜色の夕日眺めてたら　少し思い出すものがありました
短い夏が終わったのに今、子供の頃の寂しさがない

君に伝えた情熱は呆れるほど情けないもので
笑うのをこらえているよ　後で少し虚しくなった
東京の空の星は見えないと聞かされていたけど
見えないこともないんだな　そんなことを思っていたんだ

僕じゃきっと出来ないな
本音を言うことも出来ないな
無責任でいいな　ラララ　そんなことを思ってしまった

君のその小さな目から大粒の涙が溢れてきたんだ
忘れることは出来ないな　そんなことを思っていたんだ
東京の空の星は見えないと聞かされていたけど
見えないこともないんだな　そんなことを思っていたんだ

蒼い鳥

可能なら　深い海の中から
鼻歌　奏でてごまかしたい

可能なら　さらけてしまえたらいい
蒼さに足止めをされている

今、果てしなく吹き荒れる
風の中　立ってる　時が来るのを待つ

羽ばたいて見える世界を
思い描いているよ
幾重にも　幾重にも

昨日の跡がまた増えている
にらんで踏み潰してしまった

今、果てしなく吹き荒れる
風の中　立ってる　時が来るのを待つ

ゆらめいて　消えそうな光
たぐり寄せて　ここにいるよ

羽ばたいて見える世界を
思い描いているよ
幾重にも　幾重にも

TEENAGER

ペダル

だいだい色　そしてピンク　咲いている花が
まぶしいと感じるなんて　しょうがないのかい？

平凡な日々にもちょっと好感を持って
毎回の景色にだって　愛着が湧いた

あの角を曲がっても　消えないでよ　消えないでよ

上空に線を描いた飛行機雲が
僕が向かう方向と垂直になった
だんだんと線がかすんで曲線になった

何軒か隣の犬が僕を見つけて
すり寄ってくるのはちょっと面倒だったり

あの角を曲がっても　消えないでよ　消えないでよ
駆け出した自転車は　いつまでも　追いつけないよ

そういえばいつか語ってくれた話の
続きはこの間　人から聞いてしまったよ

記念写真

ちっちゃな野球少年が　校舎の裏へ飛んでったボール　追いかけて走る
グラブをかかえた少年は　勢い余ってつまずいて転ぶ　すぐに立ち上がる

風が急に吹いて　砂埃が舞うから
足早に僕はそこを去る

そうそう　今　思い出した　去年の君のマフラーがとても似合っていたこと
しかしでも君が髪型を　最近　君が髪型を　変えたことが気がかりです

君はなんでいつもそんな無理に笑うの
陰で泣いた君を僕は知っている

記念の写真　撮って　僕らはさよなら
忘れられたなら　その時はまた会える
季節が巡って　君の声も忘れるよ
電話の一つもしたのなら　何が起きる？

ちっちゃな野球少年は　今では大きくなって　たまに石につまずいて
僕はなんでいつも同じことで悩むの？
肩で風を切って　今日も行く

記念の写真　撮って　僕らはさよなら
忘れられたなら　その時はまた会える
手紙に添えられた　写真見たりするんだろな
染められた君を見たのなら　何を思う？

消えてしまう前に　心に詰め込んだ

記念の写真　撮って　僕らはさよなら
忘れられたなら　その時はまた会える
季節が巡って　君の声も忘れるよ
電話の一つもしたのなら　何が起きる？

きっとこの写真を　撮って　僕らはさよなら
忘れられたなら　その時はまた会える
手紙に添えられた　写真見たりするんだろうな
染められた君を見たのなら　何を思う？

B.O.I.P.

水しぶきあがって　池に描いた半円
人の少ない公園　速度あげていくボート
手を叩いて軽快　一か八かのタンデム
12回転半で入れ替わりで足漕ぎだ

すり抜けろ！

持久戦の様相　気を抜くなコーナー
ふと覗いた真相　膝小僧がたまらないねぇ…
ボクササイズKO　君にされたKO
恐ろしくなるほど　策略家だなマドンナ

すり抜けろ！すり抜けろ！

蹴り破った壁　君はなんかモーレツ
そこだ　見事なタイミング　僕らなんかみだら
蹴り破った壁　君はなんかモーレツ
そこだ　見事なタイミング　僕らなんか…

止まらないで行って　火花散らしてサンデー
爆発までは10秒　かかるか　かからないかなんだ
激しさを増す戦場　燃え上がった感情
降り注いだシャワー　二人三脚でケンケンパ

すり抜けろ！すり抜けろ！

蹴り破った壁　君はなんかモーレツ
そこだ　見事なタイミング　僕らなんかみだら
蹴り破った壁　君はなんかモーレツ
そこだ　見事なタイミング　僕らなんかみだらですみません。

若者のすべて

真夏のピークが去った　天気予報士がテレビで言ってた
それでもいまだに街は　落ち着かないような　気がしている

夕方5時のチャイムが　今日はなんだか胸に響いて
「運命」なんて便利なものでぼんやりさせて

最後の花火に今年もなったな
何年経っても思い出してしまうな

ないかな　ないよな　きっとね　いないよな
会ったら言えるかな　まぶた閉じて浮かべているよ

世界の約束を知って　それなりになって　また戻って

街灯の明かりがまた　一つ点いて　帰りを急ぐよ

途切れた夢の続きをとり戻したくなって
最後の花火に今年もなったな
何年経っても思い出してしまうな

ないかな　ないよな　きっとね　いないよな
会ったら言えるかな　まぶた閉じて浮かべているよ

すりむいたまま　僕はそっと歩き出して

最後の花火に今年もなったな
何年経っても思い出してしまうな

ないかな　ないよな　なんてね　思ってた
まいったな　まいったな　話すことに迷うな
最後の最後の花火が終わったら
僕らは変わるかな　同じ空を見上げているよ

Chocolate Panic

チョコレートで Fly Away
チョコレートで Fly Away Tonight

ヒッピーになって荒野を裸で歩きたくなる
なんてイカレたことを言う
チョコレートのジュースをぐっと飲み干した君の
口は少しヨゴレてる

パパパパパ　体中に塗りたくれ
グッドバイブレーション　チョコレートで塗りつぶせ！
チョコレートのようになって溶け出したくなる
ふわふわとするり抜けたい
ジーザス！ジーザス！アーメン！神様！　ひとつよろしくどうぞ
僕も少しヨゴレてる
パパパパパ　体中に塗りたくれ
グッドバイブレーション　チョコレートで塗りつぶせ！
パパパパパ
グッドバイブレーション　チョコレートを俺にくれ！

Strawberry Shortcakes

信号点滅で　準備万端万端
ランナー並んだ　皇居沿いの道
合図一斉に　ドンパン　ドンパン　ドンパン

始まるね

ところ変わって　ここはどこ？
ランナー見下ろせる　レストラン
フォークを握る君に違和感

左利き？

残しておいたイチゴ食べて
クスリと笑う　ずるいね
片目をつぶる君　さすがだよ

上目使いでこちら見たら
まつげのカールが奇麗ね
もひとつ僕のイチゴ食べてよ

残しておいたイチゴ食べて
クスリと笑う　ずるいね
片目をつぶる君　さすがだよ

上目使いでこちら見たら
まつげのカールが奇麗ね
もひとつ僕のイチゴ食べてよ

Surfer King

ギラギラ　パツキンが風になびくぜ
浜辺を横切る大きな男
ボード片手に…

イカした　ディスクジョッキーのBGM
あたかも西海岸のようだぜ
ボード片手に鼻歌歌うよ

サーファー気取り　アメリカの彼
サーファー気取り　アメリカの彼
サーファー気取り　アメリカの彼
王様気取りのメメメメメリケン!!

フフフフフ…

けらけら　笑っちゃうぜ　このコメディアン
ケセラセラ　どうでもヨークシャテリア
ボード代わりのレコードにノルよ
サーファーもどき　アメリカの波

サーファーもどき　アメリカの波
サーファーもどき　アメリカの波
相当愚かなメメメメメリケン!!

フフフフフ…

ただよって　打ち寄せて
香るのはママレード
見つめてごらん　青い瞳を
そばにおいで　そばにおいで

サーファー気取り　アメリカの彼
サーファー気取り　アメリカの彼
サーファー気取りについてく君
相当野蛮なメメメメメリケン!!

フフフフフ…

フフフフフ…
サーファー気取り　アメリカの…

ロマネ

曖昧なことだったり　優しさについて考えだしたら
頭の回路　絡まって　眠れなくなってしまうよ

そうしたら本を読んでも　哲学について考えてもダメだね
そんな日にゃワインを飲むんだ　赤くなっちゃってチャッチャッチャッチャ

夢が覚めてむなしくなる　君思う日がある
眠りに落ちたなら　見つめていて

おお　どうなったって知らないぜ　怖いもんなんてどこにもないぜ
世界は僕を待ってる「WE WILL ROCK YOU」もきっとね　歌える

オーライ　君が呼んでいる　恥ずかしい僕のすべて伝えたい
甘い言葉も言ってやる　赤い顔でチャッチャッチャッチャッチャ

嘘をついた日は　素直になりたくもなるから
決まり事を忘れて　見つめていて

確かなことなどどこにもないな　教えて欲しいテクノロジー
扉を開けたらそこでまた　切なくさせて

夢が覚めてむなしくなる　君思う日がある
眠りに落ちたなら　見つめていて
嘘をついた日は　素直になりたくもなるから
決まり事を忘れて　見つめていて

パッション・フルーツ

夢の中で　あやかしパッション
響き渡るファンファーレ
僕は踊る道化師のようだね

ゆうべの君は　悪の化身で
例えるならバンパイア
甘く熟れた果実のようだね

まぶしく光る町灯り
照らされて浮かぶ二人

揺るぎのない　スマシ顔
化けの皮をはがしてやる

だからダメだったら　駄目だったら　だめ
こんがらがる秘密　暴いてく
謎とき　ひもとき　深まる謎
ひとたまりもなく落とされては

夢の中で　あやかしパッション
響き渡るファンファーレ
僕は踊る道化師のようだね

ゆうべの君は　悪の化身で
例えるならバンパイア
甘く熟れた果実のようだね

含み笑いが素敵だね
メガネはどうか　そのままで

だからからかったら　からかったら　ダメ
手を取り円を作らせてくれ
魔術師　手品師　手を変え品
そして禁断の約束しよう

夢の中で　あやかしパッション
響き渡るファンファーレ
僕は踊る道化師のようだね

ゆうべの君は　悪の化身で
例えるならバンパイア
甘く熟れた果実のようだね

東京炎上

真っ赤な東京の街で揺れていた
サイレンの音が頭に響いた

後ろの正面で視線を飛ばした
真っ赤な東京の街で揺れていた

辺りにわかに巻きおこった
渦巻く街の交差点で
うつむき歩く君を見かけた
まるで喜劇の中の桃源郷

時計を止めて　PARTY NIGHT　PARTY NIGHT

さあ　ダバダバ　ダバチ　ダバダバダバ　さあ　ダバ　ダバチテ
さあ　この胸　焦がしてよ　シャバダバ　いっそ　悩まして

笑って見てた　そして逃げた
真っ赤に揺れる街を逃げた
そのうちふいに振り向きざま
目と目が合った君は万華鏡

都会の中で　PARTY NIGHT　PARTY NIGHT

さあ　ダバダバ　ダバチ　ダバダバダバ　さあ　ダバ　ダバチテ
さあ　この胸　焦がしてよ　シャバダバ　いっそ　悩まして

まばたき

眠気の残った　時計の音
窓からそそぐ　淡い陽が
壁を染める　影を作る
僕は妙に　ふてくされる

わがままな僕らは期待を
たいしたことも知らずに
手招きをしている未来のせいで
家をまた出る

瞬きを三回してる間に
大人になるんですと　君が言った

今日も　昼と夜がずっと
晴れたままで　冬が終わる

わがままな僕らは期待を
たいしたことも知らずに
手招きをしている未来のせいで
家をまた出る
わがままな僕らは期待を
たいしたことも知らずに

星降る夜になったら

真夏の午後になって　うたれた通り雨
どうでもよくなって　どうでもよくなって
ホントか嘘かなんて　ずぶ濡れになってしまえば
たいしたことじゃないと　照れ笑いをしたんだ

西から東へと　雲がドライブして
柔らかな日がさして　何もかも乾かして
昨日の夢がなんか　続いているみたいだ
その先がみたくなって　ストーリーを描くんだ

雷鳴は遠くへ　何かが変わって

星降る夜になったら
バスに飛び乗って迎えに行くとするよ
いくつもの空くぐって
振り向かずに街を出るよ

鍵をくるくるまわして　ミントのガムを噛んで
溢れるエネルギーで　前のめりに走るんだ
クラクションの音はもう　気にならなくなった
どうでもよくなって　どうでもよくなって

雷鳴は遠くへ　何かが変わって

星降る夜を見ている
覚めた夢の続きに期待をしてる
輝く夜空の下で　言葉の先を待っている

黙って見ている　落ちてくスーベニア
フィルムのような　景色がめくれた
そして気づいたんだ　僕は駆け出したんだ

星降る夜になったら
バスに飛び乗って迎えに行くとするよ
いくつもの空くぐって
振り向かずに街を出るよ

星降る夜を見ている
覚めた夢の続きに期待をしてる
輝く夜空の下で　言葉の先を待っている

TEENAGER

どっかにスリルはないかい？
刺激を求めてエブリデイ
方向指示器はナイヤイ
行動しなけりゃ分からない

僕らはいつも満たされたい

動機が不純で満載
危険なところでハラハラ
ギリギリセーフでだいたい
なんとか解けないこともない

僕らはいつも求めたい　君にも僕は求めたい

TEENAGER TEENAGER　何年先だって
いつでも追いかけてたいのです
難解です　難解です　君のアンサー
今すぐ教えて欲しいよ

夜には希望がいっぱい　こっそり家から抜け出そう
おなかはコーラでいっぱい　朝まで聴くんだAC/DC

それでもいつも物足りない　とにかく君に触れられない！

難解です　難解です
問題です　問題です
難解です　難解です
関係ない！　関係ない！

TEENAGER TEENAGER　何年先だって
いつでも追いかけてたいのです
難解です　難解です　君のアンサー
今すぐ教えて欲しいよ

TEENAGER TEENAGER　何年先だって
いつでも追いかけてたいのです
経験です　経験です　どんな時も
ほろ苦い僕でいたいのです

CHRONICLE

バウムクーヘン

何をいったいどうしてなんだろう
すべてなんだか噛み合わない
誰か僕の心の中を見て　見て　見て　見て　見て

僕は今まで傷を作ったな
自分でさえも分からない
歳をとっても変わらないいんだな

僕は結局優しくなんか無い
人を振り回してばかり
愛想をつかさず　僕を見ていてよ

言葉では伝えられない　僕の心は臆病だな
怖いのは否定される事　僕の心は臆病だな　だな

すぐに泣いたら損する気がして
誰の前でも見せません
でもね何だか　複雑なんです

嘘をついたら　罰が当たるから
それはなるべくしませんが
それもどうだか分からないんです

大切に出来ずごめんね　僕の心は不器用だな
冷めた後　ようやく気付く　僕の心は不器用だな　だな

チェッチェッチェ　うまく行かない
チェッチェッチェ　そういう日もある
チェッチェッチェ　つまずいてしまう
チェッチェッチェ　そういう日もある

チェッチェッチェ　うまく行かない
チェッチェッチェ　そういう日もある
チェッチェッチェ　つまずいてしまう
チェッチェッチェ　そういう日もある

言葉では伝えられない　僕の心は臆病だな
怖いのは否定される事　僕の心は臆病だな　だな

Sugar!!

いつだって　こんがらがってる　今だって　こんがらがってる
僕の頭の中

それは恐らく　君と初めて会った時から

本当はこの僕にだって　胸張って伝えたい事がね
ここにあるんだ

空をまたいで　君に届けに行くから待っててて

全力で走れ　全力で走れ　36度5分の体温
上空で光る　上空で光る　星めがけ

今何時？　時計はいらない　時なんて取り戻せるからね
そうだよ　多分

見上げてごらん　空は満天の星空だよ

全力で走れ　全力で走れ　滑走路用意出来てるぜ
上空で光れ　上空で光れ　遠くまで

甘酸っぱい　でもしょっぱい
でもなんか悪くはない
甘酸っぱい　でもしょっぱい
でもなんか悪くはない

甘酸っぱい　でもしょっぱい
でもなんか悪くはない
甘酸っぱい　でもしょっぱい
でもなんか悪くは…ない！

全力で走れ　全力で走れ　36度5分の体温
上空で光る　上空で光る　星めがけ
全力で走れ　全力で走れ　滑走路用意出来てるぜ
上空で光れ　上空で光れ　遠くまで

Merry-Go-Round

脈々　心拍数が全開
そしてアドレナリンが全身に巡回

君の淫らな姿を見れたら最高
目からウロコの奇跡の結晶

肺から酸素の供給要望
Merry-Go-Round One!! Yeah!!

行けーーーー!!

どけどけ頭の中が旋回
今度はノルアドレナリン

君のつぶらな瞳に意外と反応
予測不可能　体内現象

待てと言われて待てない衝動
Merry-Go-Round One!! Yeah!!

行けーーーー!!

Monster

ちゃんちゃん　さらさらおかしい話だ　全然感心しないよね
男を口説いて　その気にさせては　今度はそっぽを向いて
それではさよなら　お家に帰るわ　そしたら今度ね　また会う日まで
すんなりいかないフェンスは鉄壁　かしまし娘っこ

ちゃんちゃん　さらさらおかしい話だ　全然感心しないよね

ところがどっこい男は単純　色気に弱いぜ　単純だ
彼女はセクシー　いい香りすれば　いっさいがっさい　関係ない
向かうは新宿14番線　電車に飛び乗って

ばくばく心臓が波打ち止まらん！
飛び乗りドア閉めたら　用意はいい!?

速度あげたら止まんない！
速度あげたら止まんない！
瞳孔開いてなおんない！
瞳孔開いてなおんない！
速度あげたら止まんない！
速度あげたら止まんない！

ちゃんちゃん　さらさらおかしい話だ　全然感心しないよね
男を口説いて　その気にさせては　今度はそっぽを向いて
それではさよなら　お家に帰るわ　そしたら今度ね　また会う日まで
すんなりいかないフェンスは鉄壁　かしまし娘っこ

こんな夜更けにテンション高くてたまらん！
どこにどうむけ爆発させれば宜し!?

速度あげたら止まんない！
速度あげたら止まんない！
瞳孔開いてなおんない！
速度あげたら止まんない！
速度あげたら止まんない！

やたら騒がしい　街は暴動寸前状態
遠のく意識　錯乱状態　街は暴動寸前状態！

速度あげたら止まんない！
速度あげたら止まんない！
瞳孔開いてなおんない！
瞳孔開いてなおんない！

速度あげたら止まんない！
速度あげたら止まんない！

クロニクル

気にしないで　今日の事は　いつか時が　忘れさせるよ
たまに泣いて　たまに転んで　思い出の束になる
誰か出会って　そして泣いて　忘れちゃって　忘れちゃって
君は僕の事を　僕は君の事を　どうせ忘れちゃうんだ
そう悩むのであります
覚えてるかい？　君と並んで　乗ったブランコ　今は無いんだ
僕ら何か　手に入れては　離しちゃって

描いていた夢に　描いていた夢に　近づけてるのかと
日々悩むのであります

君は僕の事を　僕は君の事を　どうせ忘れちゃうんだ
そう悩むのであります

描いていた夢に　描いていた夢に　近づけてるのかと
日々悩むのであります

キミに会えた事は　キミのいない今日も
人生でかけがえの無いものでありつづけます

エイプリル

どうせこの僕なんかにと　ひねくれがちなのです
そんな事無いよなんて　誰か教えてくれないかな

神様は親切だから　僕らを出会わせて
神様は意地悪だから　僕らの道を別々の方へ

振り返らずに歩いていった　その時　僕は泣きそうになってしまったよ
それぞれ違う方に向かった　振り返らずに歩いていった

何かを始めるのには　何かを捨てなきゃな
割り切れない事ばかりです　僕らは今を必死にもがいて

振り返らずに歩いていった　その時　僕は泣きそうになってしまったよ
それぞれ違う方に向かった　振り返らずに歩いていった

また春が来るよ　そしたのならまた
違う景色が　もう見えてるのかな
振り返らずに歩いていった　その時　僕は泣きそうになってしまったよ
それぞれ違う方に向かった　振り返らずに歩いていった

Clock

今日も眠れずに　眠れずに
時計の音を数えてる
いつも気がつけば　気がつけば
孤独という名の　一人きり

明日になればきっと　良くなるなんて　希望
持てれるものならば　とっくに持ってるよ

夢が覚めたらまた　ひとりぼっち
また戻って　仕方ないないないや
捨てちゃいけないもの　捨ててしまったんだ
また拾って　仕方ないないないや

何か恋しくて　恋しくて
何かを探って　悩むのです

実は寂しいだけ　寂しいだけ
相手なんてね　いやしない

晴れなら気分良好　雨なら逆に下降
天気に左右上下　振り回されちゃうよ

夢が覚めたらまた　ひとりぼっち
また戻って　仕方ないないないや
捨てちゃいけないもの　捨ててしまったんだ
また拾って　仕方ないないないや

ラララララ…

今日も眠れずに　眠れずに
時計の音を数えてる…

Listen to the music

赤のベルベット生地のパンツをはき　君はリズムに合わせて踊り
僕はそれだけでひとたまりもなく　床にひれふす

リッスン　トゥーザミュージック
レスポンス　トゥーザミュージック

リッスン　トゥーザミュージック
レスポンス　トゥーザミュージック

赤くほてった顔の僕は負け犬さ
吠えても誰も振り向かないさ

君はそれを見て嬉しそうに
僕を踏みつぶす

リッスン　トゥーザミュージック
レスポンス　トゥーザミュージック

リッスン　トゥーザミュージック
レスポンス　トゥーザミュージック

WOO～

Hey Stop Hey Stop Hey Ah～　Stop Hey Ah～

負け犬　負け犬大統領候補の　紡ぎ出す音楽はもう
うんざりかい　踏んだり蹴ったりかい　でももうちょっと聴いて

リッスン　トゥーザミュージック
レスポンス　トゥーザミュージック
リッスン　トゥーザミュージック
レスポンス　トゥーザミュージック

WOO～　STOP　回れ右！

同じ月

この星空の下で僕は　君と同じ月を眺めているのだろうか　Uh～

月曜日から始まって　火曜はいつも通りです
水曜はなんか気抜けして　慌てて転びそうになって

イチニサンとニーニッサンで動いてくこんな日々なのです
何万回と繰り返される　めくるめくストーリー

君の言葉が今も僕の胸をしめつけるのです
振り返っても仕方がないと　分かってはいるけれど

にっちもさっちも　どうにもこうにも変われずにいるよ　Uh～

木曜日にはやる事が　多すぎて手につかずなのです
金曜日にはもうすぐな　週末に期待をするのです

家にいたって　どこにいたって　ホントにつきない欲望だ
映画を見て感激をしても　すぐに忘れるから

君の涙が今も僕の胸をしめつけるのです
壊れそうに滲んで見える月を眺めているのです

にっちもさっちも　どうにもこうにも変われずにいるよ　Uh～

君の言葉が今も僕の胸をしめつけるのです
振り返っても仕方がないと　分かってはいるけれど
君の涙が今も僕の胸をしめつけるのです
壊れそうに滲んで見える月を眺めているのです
僕は結局ちっとも何にも変われずにいるよ　Uh～

Anthem

三日月さんが　逆さになってしまった
季節変わって　街の香りが変わった
気もしない　ない　ない　ない　ない　ない　ないか
まだ　ない　ない　ない　ない　ない　ない　ないか

闇の夜は　君を想う
それら　ありったけを　描くんだ

鳴り響け　君の街まで
闇を裂く　このアンセムが

何年間で遠く離れてしまった
いつでも君は　僕の味方でいたんだ
でも　いない　いない　いない　いない　いない　いない　いない　いないや
もう　いない　いない　いない　いない　いない　いない　いない　いないや

行かないで　もう遅いかい？
鳴り止まぬ何かが　僕を襲う

轟いた　雷の音
気がつけば　僕は一人だ

このメロディーを君に捧ぐ
このメロディーを君に捧ぐ

鳴り響け　君の街まで
闇を裂く　このアンセムが

轟いた　雷の音
気がつけば　僕は一人だ

Laid Back

ラララ…
ちょうど7時に開演なんです　メルシーガール　メルシーボーイ
そうさ　ロックンロールパーティーなんです　メルシーガール　メルシーボーイ
奏でてみたなら　爆裂の音符
セブンティーズミュージック　顔負けだぜ！

レイドバック！

ラララ…

ホール気温は上昇中で　メルトダウン　メルトダウン
高度3千メーターよりも　酸素薄い　酸素薄い
リズムに合わせて　叫ぶのさメロディー
エルビスプレスリー　顔負けのダンス！
レイドバック！

ラララ…

レイドバック！

All Right

轟音　爆音　音を鳴らせばそしたら天国
騒音　雑言　それをどうとるか　それは君次第

絶対無敵に感じたい　賛成反対構わない

一杯　頂戴　酒を飲まなきゃ何にも始まらん
酔いたい　叫びたい　頭振って　ロックンロールで

破壊力なら負けはせん　ここに君臨　パンチドランカー

Yeah! All Right!!
Yeah! All Right!!

粉砕　玉砕　一か八かの勝負で生きてる
いっさい　がっさい　さらけ出してはなんとか生きてる

それに周りは釘づけ　何にも聞こえん　パンチドランカー

Yeah! All Right!!
Yeah! All Right!!

簡単にはあきらめないぜ　そうまだ　ロスタイム
踊るマスコットボーイ　踊るマスコットボーイ
歓声あがる　最高潮に　場内騒然
踊るマスコットガール　踊るマスコットガール

Yeah! All Right!!
Yeah! All Right!!

Yeah! All Right!!
Yeah! All Right!!

轟音　爆音　騒音　雑言
轟音　爆音　騒音　雑言
轟音　爆音　騒音　雑言
轟音　爆音　騒音　雑言

タイムマシン

時が経ったら何か変わるかな
少しは偉くなるものなのかな
なりたかった大人になれたのか
悩む今日であります

誰か僕に　誰でもいいよ
優しくしてくれないかい

大きな声で　歌えば届くかと
出来るだけ　歌うんだ

僕はまあまあ　元気で居るけど
すべてうまく行く事は　あんまない
誰かに話す事で楽になる
そんな日もね　あるよ

欲を言えば　欲を言えば
君の声が聞きたいんだ

戻れるのかな　タイムマシンのように
同じように　笑えるかい

だいたい　そうだ　ホントに　そうだ　すべてがうまく行くわけない
だいたい　そうだ　なるべく　そうだ　後悔だけはしたくないのです

大きな声で　歌えば届くかと
出来るだけ　歌うよ
戻れるかな　タイムマシンのように
同じように　笑えるかい

ないものねだり

気持ち伝えるのに　いつも人は何故に
これほどまでに悩むのでしょう

時代は変わっても　便利な機械でも
ちぐはぐに絡みあったまま

僕はなんで大事なところ間違えて
膨大な問題ばかりを抱えて
いつも　カッコつけられないままなんです
いっそ笑ってよ

帰り道に見つけた　路地裏で咲いていた
花の名前はなんていうんだろうな

あなたはいつの日も　例えば雨の日も

僕を悩ませるのでしょう

季節が変わっても　何か手に入れても
弱い生き物なのでしょう

男の子に生まれてきたのだって
女の子に生まれてきたのだって
ないものねだりは日常茶飯事
ほんと笑うよね

帰り道に見つけた　路地裏で咲いていた
花の名前はなんていうんだろうな

気持ち伝えるのに　いつも人は何故に
これほどまでに悩むのでしょう

あなたはいつの日も　例えば雨の日も
僕を悩ませるのでしょう

Stockholm

静かな街角
辺りは真っ白

雪が積もる　街で今日も
君の事を想う

誰かが作った
雪だるまを見る

雪が積もる　街で今日も
君の事を想う

アラカルト

線香花火

疲れた顔でうつむいて　声にならない声で
どうして自分ばかりだと　嘆いた君が目に浮かんだ
今は全部放っといて　遠くにドライブでも行こうか
海岸線の見える海へ　何も要らない所へ

悲しくったってさ　悲しくったってさ
夏は簡単には終わらないのさ
線香花火のわびしさをあじわう暇があるのなら
最終列車に走りなよ　遅くは　遅くはないのさ

戸惑っちゃったってさ　迷っちゃったってさ
夏は簡単には終わらないのさ
悲しくったってさ　悲しくったってさ
夏は簡単には終わらないのさ

悲しくったってさ　悲しくったってさ
悲しくったってさ　悲しくったってさ

桜並木、二つの傘

あれは　いつか　かなり前に君を見たら
うす笑いを浮かべて　相手が気になり仕方が無いのは何故なのだろう
偶然　街で出会う二人　戸惑いながら
照れ笑いを浮かべて　相手が気になり仕方が無いのは何故なのだろう

切り出しそうな僕に気付いたのなら
君から告げてはくれないのか
降り出しそうな色した午後の空が
二人の気持ちを映してるかの様で

されど時が経てば冷めてしまうもので
そうなってはどうにもこうにもならなくなってしまうのは何故なのだろう
何か少し期待外れの部分見つけ
膨らんではどうにもこうにもならなくなってしまうのは何故なのだろう

解りきった会話　続く訳も無く

苛立つ僕は煙草に火をつける
強く降り出した通り雨の音
二人の沈黙を少し和らげた

DU DA DU DA DI VA DA VA DU DA
最後に出掛けないか
桜並木と二つの傘が綺麗にコントラスト

切り出しそうな僕に気付いたのなら
君から告げてはくれないのか
降り出しそうな色した午後の空が
二人の気持ちを映してるかの様で

DU DA DU DA DI VA DA VA DU DA
最後に出掛けないか
桜並木と二つの傘が綺麗にコントラスト
DU DA DU DA DI VA DA VA DU DA
最後に出掛けないか
桜並木と二つの傘が綺麗にコントラスト

午前3時

赤くなった君の髪が僕をちょっと孤独にさせた
もやがかった街が僕を笑ってる様

鏡に映る自分を見ていた
自分に酔ってる様でやめた

夜が明けるまで起きていようか
今宵満月　ああ

こんな夜、　夢見たく無くて　午前三時ひとり外を見ていた

短かった髪がかなり長くなっていたから
時が経っていた事に気付いたんだろう

夜な夜なひとり行くとこも無い
今宵満月　ああ

こんな夜、夢見たく無くて　午前三時ひとり外を見ていた

赤くなった君の髪が僕をちょっと孤独にさせた
もやがかった街が僕を笑ってる様

こんな夜、夢見たく無くて　午前三時ひとり外を見ていた
こんな夜、夢見たく無くて　午前三時ひとり外を見ていた

浮雲

登ろう　いつもの丘に　満ちる欠ける月
僕は浮き雲の様　揺れる草の香り

何処ぞを目指そう　犬が遠くで鳴いていた

雨で濡れたその顔に涙など要らないだろう

歌いながら歩こう　人の気配は無い
止めてくれる人などいるはずも無いだろう

いずれ着くだろう　犬は何処かに消えていた

雨で濡れたその顔に涙など要らないだろう
消えてしまう儚さに愛しくもあるとしても
独りで行くと決めたのだろう
独りで行くと決めたのだろう

ダンス2000

ヘイヘイベイベー　空になって　あの人の前で踊ろうか
意識をして　腕を振って　横目で見てしまいなよ

少しの勇気　振り絞って

いやしかし何故に　いやしかし何故に
踏み切れないでいる人よ

ヘイヘイベイベー　何をやったって　もう遅いと言うのなら
今すぐでも投げ出す程の　覚悟ぐらいできてるさ

少しの勇気　振り絞って

いやしかし何故に　いやしかし何故に
踏み切れないでいる人よ

いやしかし何故に　いやしかし何故に
踏み切れないでいる人よ

ヘイヘイベイベー

アラモード

花屋の娘

夕暮れの路面電車　人気は無いのに
座らないで外見てた
暇つぶしに駅前の花屋さんの娘にちょっと恋をした

どこに行きましょうか？と僕を見る
その瞳が眩しくて
そのうち消えてしまった　そのあの娘は
野に咲く花の様

その娘の名前を菫（すみれ）と名付けました

妄想が更に膨らんで　二人でちょっと
公園に行ってみたんです
かくれんぼ　通せんぼ　ブランコに乗ったり
追いかけっこしたりして

どこに行きましょうか?と僕を見る
その瞳が眩しくて
そのうち消えてしまった　そのあの娘は
野に咲く花の様

夕暮れの路面電車　人気は無いのに
座らないで外見てた
暇つぶしに駅前の花屋さんの娘にちょっと恋をした

お月様のっぺらぼう

眠気覚ましにと　飴一つ
その場しのぎかな…いまひとつ
俺、とうとう横になって　ウトウトして
俺、今夜も一人旅をする!!

あー　ルナルナ　お月様のっぺらぼう

嵐がやって来そうな空模様
雨の匂いかな…流れ込む
俺、相当恐くなって窓を閉める
俺、今夜も一人旅をする!!

あの空を見た　遠くの空には　虹がさした
あの空を見た　遠くの空には　虹がさした

眠気覚ましにと　飴一つ
その場しのぎかな…いまひとつ
俺、とうとう横になって　ウトウトして
俺、今夜も一人旅をする!!

あー　ルナルナ　お月様のっぺらぼう
あー　ルナルナ　お月様のっぺらぼう

消える太陽

映画の主人公になってみたいなんて誰もが思うさ
無理なことも承知の上で映画館に足を運ぶ俺
ステレオのヴォリュームを上げて
詩の無いラブソングをかけて
ありったけアドレナリン出して目が覚めるだけ

ああ　欲しいメッセージ　要らないメッセージ
どんなメッセージ　解らない
暗い街にせめてもの光を

レコードの針を持ち上げて　ラジオに切り替えたらすぐ
頭にくる女の声で目が覚めるだけ

ああ　欲しいメッセージ　要らないメッセージ
どんなメッセージ　解らない
暗い街にせめてもの光を

消えるな太陽　沈むな太陽
消えるな太陽　沈むな太陽

ああ　欲しいメッセージ　要らないメッセージ
どんなメッセージ　解らない
暗い街にせめてもの光を

燃え上がれ　燃え上がれ太陽　照らせよ太陽
燃え上がれ太陽　照らせよ太陽　ああ

環状七号線

火の付かないライター　握りしめていた
辺りの静けさに気付く
耳にツンときて　それも加わって
そこから離れたんだ

環状七号線を何故だか飛ばしているのさ
環状七号線を何故だか飛ばしているのさ

昨日観たドラマ　気の利いた名台詞
言えるとしたらどうなるだろう
でもそうとして　それはそうとして
後にはひけないんだ

環状七号線を何故だか飛ばしているのさ
環状七号線を何故だか飛ばしているのさ
おぼろ月夜　追いかけて

対向車抜き去って　そう　エンジン音喚いてるようだ
対向車抜き去って　そう　エンジン音喚いてるようだ
対向車抜き去って　そう　エンジン音喚いてるようだ
対向車抜き去って　そう

環状七号線を何故だか飛ばしているのさ
環状七号線を何故だか飛ばしているのさ
環状七号線を何故だか飛ばしているのさ
環状七号線を何故だか飛ばしているのさ
おぼろ月夜　追いかけて

笑ってサヨナラ

気付いた時には遅すぎて彼女の涙に困ってた
その涙の訳聞いたなら　答えは言わず黙ってるのだろう
薄くなる君の面影は違うものに押しつぶされそうになる
人のせいにしがちな僕からあなたは消えてゆく

笑ってサヨナラしてから間違い探しをしていた
どうしてなんだろう　間違い探しをしていた
ここ何週間か僕は独りで色々考えてた
どうしてなんだろう　どうしてなんだろう　なんだろう

どうにかなってしまうかもしれない
そうなってしまうかもしれないものかもしれない

どうにかなってしまうかもしれない
そうなってしまうかもしれないものかもしれない

どうにもならない事が多すぎる
どうでもいい事なら良いのに

ここ何週間か僕は独りで色々考えてた
どうしてなんだろう　どうしてなんだろう

笑ってサヨナラしてから間違い探しをしていた
どうしてなんだろう　間違い探しをしていた
ここ何週間か僕は独りで色々考えてた
どうしてなんだろう　どうしてなんだろう　なんだろう

ここ何週間か僕は…　笑ってサヨナラしてから…

カップリング集

NAGISAにて

お嬢さん　お願いですから泣かないで
ならどうぞ　宜しければどうぞ　ハンカチを

辺りを埋める　潮風の匂い

お嬢さん　泣いてるお暇が有るのなら
すぐちょっと　気晴らしにちょっと　散歩でも

言える訳もない　言える訳もないから

渚にて泣いていた　貴方の肩は震えていたよ
波風が駆け抜けて　貴方の涙　落としてゆくよ
渚にて泣いていた　貴方の肩は震えていたよ
波音が際立てた　揺れる二人の　後ろ姿を

虫の祭り

どうしてなのか　なんだか今日は
部屋の外にいる虫の音が
祭りの様に賑やかで皮肉のようだ

その場凌ぎの言葉のせいで
身動き出来なくなってしまった
祭りの様に過ぎ去った　記憶の中で

「あなたは一人で出来るから」と残されたこの部屋の
揺れるカーテンの隙間からは入り込む虫達の声

どうしてなのか　なんだか今日は
部屋の外にいる虫の音が
花火の様に鮮やかに聞こえてくるよ

にじんで　揺れて　跳ねて　結んで　開いて
閉じて　消えて

「あなたは一人で居られるから」と残されたこの部屋の
揺れるカーテンの隙間からは入り込む虫達の声

黒服の人

並ぶ黒服の人　空から降る牡丹雪
小さな路地裏通りで　笑ったあなたの写真を
眺めてみんなが泣いてる
見送ったあとの車の　轍に雪が降り積もる
そうしてるうちに消えてく
それは寒い日のこと　とても寒い日のこと

遠くに行っても　忘れはしない
何年経っても　忘れはしない

蜃気楼

三叉路でウララ　右往左往
果てなく続く摩天楼

喉はカラカラ　ほんとは
月を眺めていると

この素晴らしき世界に降り注ぐ雨が止み
新たな息吹上げるものたちが顔を出している
おぼろげに見える彼方まで
鮮やかな花を咲かせよう

蜃気楼…　蜃気楼…

この素晴らしき世界に僕は踊らされている
消えてくものも　生まれてくるものもみな踊ってる

おぼろげに見える彼方まで
鮮やかな花を咲かせよう

蜃気楼…　蜃気楼…

ムーンライト

今日はなんか不思議な気分さ
大きなテーマを考えたいのさ

そう例えば　人類の夢とか
想像は果てなく続く

ムーンライトが照らした

いつの日かクレーターに潜ってみたり
惑星を眺めつつ花を植えたい

さあ行こうか　大空
ワープですり抜けて　飛び出して行こう

ムーンライトが照らした

いつの日かクレーターに潜ってみたり
惑星を眺めつつ花を植えたい

Day Dripper

溢れ出してる　泉のように意味のない言葉
それら全てにおいて　真実味はないぜ

とらわれたように　愛を語ろう　粋なことを言おう
だから立派な作家のように高い筆を買う

時計仕掛けのマジック　すぐに剥がれるロジック

コーヒーにミルクが混ざる時みたいに
模様が僕の頭を駆け巡って
煩悩が僕を今日も突き動かして

右手に握った電話を使って壁に穴を掘る
ようなやつに会ったら　君ならどうする？

既に破れたマジック　底に沈んだロジック

コーヒーにミルクが混ざる時みたいに
模様が僕の頭を駆け巡って
ありふれた場所に君を誘い出して

僕は闇夜を待ち　君を皿にあける

コーヒーにミルクが混ざる時みたいに
模様が僕の頭を駆け巡って
煩悩が僕を今日も突き動かして

コーヒーにミルクが混ざる時みたいに
模様が僕の頭を駆け巡って
ありふれた場所に君を誘い出して

スパイダーとバレリーナ

「エブリバディーニージュー」

「エブリバディーウォンチュー」

分かっているのかい？

地図を見るのは　うんざりなんだ
答えは要らない

目隠しのバレリーナ　慌てないで
転がって進むんだ　どこまでも
曲がりくねった迷路なんて　構わないで
狙いすましたスパイダーが　手を振るよ

準備はオーケー　こちらもオーケー
いつでも行くから

くすぐったい　ってな感じでアハハ
関係ないから言うよ
断片だけでも　これでいいのさ
ここにいるよ　ここにいるから

目隠しのバレリーナ　慌てないで
転がって進むんだ　どこまでも
曲がりくねった迷路なんて　構わないで
狙いすましたスパイダーが　手を振るよ

Cheese Burger

目覚まし時計をかけずに寝ては
昼過ぎまで寝た至福の日曜日

財布を片手に出かけてみれば
駅前に漂う美味しそうな香り

チーズ　とろけそうなチーズ
パンにはさんだビーフ　想像しただけで　早歩き

おなかの中が満たされてく時
電話のベルはしばらく知らんぷりさ

あ～　バダババババ～　またひと眠り

セレナーデ

眠くなんかないのに　今日という日がまた
終わろうとしている　さようなら
よそいきの服着て　それもいつか捨てるよ
いたずらになんだか　過ぎてゆく

木の葉揺らす風　その音を聞いてる
眠りの森へと　迷い込むまで
耳を澄ましてみれば　流れ出すセレナーデ
僕もそれに答えて　口笛を吹くよ

明日は君にとって　幸せでありますように
そしてそれを僕に　分けてくれ

鈴みたいに鳴いてる　その歌を聞いてる
眠りの森へと　迷い込みそう

耳を澄ましてみれば　流れ出すセレナーデ
僕もそれに答えて　口笛吹く

そろそろ　行かなきゃな　お別れのセレナーデ
消えても　元通りになるだけなんだよ

熊の惑星

世界初の貴重な映像　僕は感動
動物界に君臨する　巨大な王様

太刀打ちできる人間はほとんどいないね
アジア一のワザの使い手ぐらいだろうねえ

戦いが始まるぜ！

北欧の熊に対するのは　ヒゲの太極拳野郎
夢の対決が見たいんだ　旗を取り合うのよ

もう誰にも止められない！

北欧の熊に対するのは　ヒゲの太極拳野郎
夢の対決を見てるんだ　旗を取り合うのよ

ルーティーン

日が沈み　朝が来て
毎日が過ぎてゆく

それはあっという間に
一日がまた終わるよ

折れちゃいそうな心だけど
君からもらった心がある

さみしいよ　そんな事
誰にでも　言えないよ

見えない何かに
押しつぶされそうになる

折れちゃいそうな心だけど
君からもらった心がある

日が沈み　朝が来て
昨日もね　明日も　明後日も　明々後日も　ずっとね

アルバム・シングル未収録曲

Master Line

Sunrise　遠くに見えるだろう
ムーンウォーク　跳ね跳ねの君はどう??
Sunshine　色とりどりの世界
ノワール　レイドバック　IN THE USSR

MASTERLINE　MASTERLINE
ミファソシラソファミ　MASTERLINE
MASTERLINE　MASTERLINE
ここから始まる　MASTERLINE

Sunset　夢は続いていくよ
コーンフレークに混ぜてしまえばどう?

サーチライト　幻?
サーチライト　幻?

Sunshine　色とりどりの世界
ノワール　レイドバック　IN THE USSR

MASTERLINE　MASTERLINE
ミファソシラソファミ　MASTERLINE
MASTERLINE　MASTERLINE
ここから始まる　MASTERLINE

MASTERLINE　MASTERLINE
ミファソシラソファミ　MASTERLINE
MASTERLINE　MASTERLINE
ここから始まる　MASTERLINE

シェリー

やあ　どうも　そうかい　とりあえずはようこそ
そうだ　お久しぶりだね　なんだか　見間違えそう

あれからどれくらいの人に会ったの？
そんな探りは今は入れたいと思わないよ　思わないよ

きらめくピアノで始まる　素敵なメロディーを歌おう
誰かが忘れたパズルを拾い集めて

もう辺りはすっかり　シャラララ　マイシェリー
意味など求めないで　ママママ　マイシェリー

いつでもサイクリングの続きのように
思い描いたところに行けると思ってるよ

行かなきゃ　その時が迫っているんだ
ほうら　革命の音がそこらに鳴り響いて　鳴り響いて

きらめくピアノで始まる　素敵なメロディーを歌おう
誰かが忘れたパズルを拾い集めている

やあ　どうも　そうかい　とりあえずはようこそ
そして　小さくなっていたものが飛び立った

さよなら　そして過ぎてく日に感謝を
思い描いた通りに大きく飛び立った　飛び立った

もう辺りはすっかり　シャラララ　マイシェリー
意味など求めないで　ママママ　マイシェリー
もう辺りはすっかり　シャラララ　マイシェリー
意味など求めないで　ママママ　マイシェリー

提供曲

どんどこ男

とうとうあいつがやって来た
あいつの季節がやって来た
血が沸き踊るぜ今夜の祭り

どんどこ囃子にのせて
どんどこ男が舞い降りる

酒でも一杯引っ掛けて
はちまきハッピがざわめきだす
あの娘が見てるぜ通りのどこかで

どんどこ囃子にのせて
どんどこ男が舞い降りる　yeh

満　満　満場一致でＧＯ　満　満　満場一致でＧＯ
満　満　満場一致でＧＯ　満　満　満場一致でＧＯ

ピリ辛大人のメンタリティ

相応鍛えたバイタリティ
平成生まれは黙れよＳＨＹ ＢＯＹ

憂鬱な世界は今夜
どんどこ男が吹き飛ばす　yeh

満　満　満場一致でＧＯ　満　満　満場一致でＧＯ
満　満　満場一致でＧＯ　満　満　満場一致でＧＯ
満　満　満場一致でＧＯ　満　満　満場一致でＧＯ

真っ黒けっけの男だけ　真っ黒けっけの男だけ
真っ黒けっけの男だけ　真っ黒けっけの男だけ
真っ黒けっけの男だけ　真っ黒けっけの男だけ
真っ黒けっけの男だけ　真っ黒けっけの男だけ

満　満　満場一致でＧＯ　満　満　満場一致でＧＯ
満　満　満場一致でＧＯ　満　満　満場一致でＧＯ
満　満　満場一致でＧＯ　満　満　満場一致でＧＯ
満　満　満場一致でＧＯ　満　満　満場一致でＧＯ

真っ黒けっけの男だけ…

DOKI DOKI

初めて会った時からそうです　目と目が合った瞬間になんです
ふわふわが止まらないのです

この気持ち押さえられないよ　どこにいたって変わらないんです
ふわふわが止まらないのです

あっけらかんと　ぬけぬけさんで　デコボココンビね
たまにはちょっと繊細さんなの　仕方が無いのね

もう！いたずら心でいつも　意地悪なんかしちゃうけど
ホントはとっても好きな　裏返しであります

止められないものなのです　この気持ちはバラ色です
寝ても冷めても変わらない　気持ちのプレゼント

誰から何を言われようと　関係ないの　あっかんベーです
ケラケラ笑う仕草が素敵

二人の秘密　誰にも内緒よ　親にも内緒よ
時間が経つの忘れちゃうんです　ガールズトークね

もう！いたずら心でいつも意地悪なんかしちゃうけど
ホントはとっても好きな　裏返しであります

止められないものなのです　この気持ちはバラ色です
寝ても冷めても変わらない　気持ちのプレゼント

MUSIC

MUSIC

心機一転　何もかも春は
転んで起き上がる
街に舞い散った花びら
踏みつぶして歩く

君を見つけて　君と二人
遊び半分で　君を通せんぼ
いつになったって　雨は止むもの
遠くに行けるから大丈夫

うだるような季節の夏は
サンダルで駆け巡る
駄菓子屋で買った　りんご飴
大きくて食べきれない

君を見つけて　君と二人
遊び半分で　君を通せんぼ
雨が止んだら　虹が出るから
晴れた気分で街を歩くよ

枯れ葉が舞い散ってる秋は
君が恋しくなる
記憶の中にいる君は
いつだって笑顔だけ

君を見つけて　君と二人
遊び半分で　君を通せんぼ
冬になったって　雪が止んじゃえば
澄んだ空気が僕を　包み込む

夜明けのＢＥＡＴ

半分の事で良いから　君を教えておくれ
些細な事で良いから　まずはそこから始めよう
ふしだらな夜も良いのさ　たまにゃ何かを吐き出そう
街中に走る車の　音がなんだか耳障り

バクバク鳴ってる鼓動　旅の始まりの合図さ
これから待ってる世界　僕の胸は踊らされる

都会の真ん中で　君は何を思っているの
だんだん夜更けが近づく　相も変わらず耳障りだ

バクバク鳴ってる鼓動　旅の始まりの合図さ
これから待ってる世界　僕の胸は踊らされる

バクバク鳴ってる鼓動　旅の始まりの合図さ
これから待ってる世界　僕の胸は踊らされる
バクバク鳴ってる鼓動　旅の始まりの合図さ
これから待ってる世界　僕の胸は踊らされる

Bye Bye

待ちに待った土曜日　映画に誘ってみたら
二つ返事の君と　手を繋ぎ　街歩いた

晴れわたった空には　大きな入道雲が
いつもこうしてなんでも　何気なく過ごしていた

それじゃバイバイ　またバイバイ
繰り返しても帰れない　離したくても離せない手だ

君が居なくても　こちらは元気でいられるよ
言い聞かせていても　涙が出るよ

君の選んだ人は　とても優しい人なんだろな
遠くに行っても　そう　どうか元気で

冷めきったこの部屋　君がいるんじゃないかと
鍵を開ければ現実　そっとライトを付けるよ

「愛」は何だい　分からない
分かるもんなら困らない　手はもう離してしまった

君の横顔が　とても素敵だったことはもう
忘れたつもりでも　涙が出るよ

君の選んだ人は　とても優しい人なんだろな
遠くに行っても　そう　どうか元気で

久しぶりに来た駅のホーム　何気なく電車に乗った
扉が閉まる瞬間に　窓越しに君を見つけた

君の横顔は　今では誰かのものなんだな
離れてく君見て　涙こらえて

君の横の人　想像通りの人だったね
心の中で祈る　幸せでいて

Hello

並んだビートでばっちり
乗って行けたら良いのに
あの頃の記憶はぼんやり
まだ覚えているから

煌めく世界は僕らを
待っているから行くんだ
ためらわないで向かおう
ちょっと先の未来へと

言うのは簡単な事　するのは難しい事

ハローハローハローハロー　リズムに乗ったら最高潮
ハローハローハローハロー　フラッシュバックしているこの胸さ

永遠に続くレールは

真っすぐに伸びてゆくよ
スピードを上げて行くんだ
時をかけ抜けていくよ

街はとても賑やか　僕は耳を塞ぐよ

ハローハローハローハロー　あの日の言葉はグッバイさ
ハローハローハローハロー　いつかはまたこう言えるのかハロー

遠くにいる君まで　届けられたら良いな
歌うよ君の方へ　届けられたら良いな

ハローハローハローハロー　リズムに乗ったら最高潮
ハローハローハローハロー　フラッシュバックしているこの胸さ
ハローハローハローハロー　あの日の言葉はグッバイさ
ハローハローハローハロー　いつかはまたこう言えるのかハロー

君は僕じゃないのに

寂しがりの月はまた　今日元に戻るよ
なんでだろう　風邪を引いたときのような微熱さ
ああ君は僕じゃないのに　ああ僕は君じゃないのに
求めてしまう気持ちは　わがままというのでしょうか？

いつまでも　僕らはまた　同じ事繰り返す
ポケットは　中は違えど　いつもいっぱいさ

明日　街が晴れたなら　僕は傘を畳んで
深緑の服を着て　君に伝えに行こうかな

とろけそうな　忘れちゃいそうな　古ぼけた写真
握りしめて　決して紙ヒコーキはだめ

ああ君は僕じゃないのに　ああ僕は君じゃないのに
求めてしまう気持ちは　わがままというのでしょう？

明日　街が晴れたなら　僕は傘を畳んで
深緑の服を着て　君に伝えに行こうかな

wedding song

お二人にはいつもいつも　お世話になりました
だから幸せになって欲しい　願ってます

わがままもどちらかが許したりね
ケンカもたまにはね　することが仲の良い証です

おめでとう　そしてこれから　待っている素敵な日々
お二人で過ごす日々に笑顔あれ

5年後　10年後　60年後
変わらない笑顔で寄り添う二人を想像して　嬉しいのです

風邪引いた時には慌てたりもしちゃうね
思い出を沢山作っていって下さいね

おめでとう　そしてこれから　待っている素敵な日々
お二人で過ごす日々に笑顔あれ

立派な人と結ばれた　とっても素敵なお嫁さん
素敵な人をつかまえた　こちらも素敵な新郎さんです

おめでとう　そしてこれから　待っている素敵な日々
お二人で過ごす日々に笑顔あれ
おめでとう　そしてこれから　待っている素敵な日々
お二人で過ごす日々に笑顔あれ

会いに

（加藤慎一との共作）

空が広がってく　雲は溶け出してる
まぶしいのに　なぜか見上げちゃって
目をつぶってみても　瞳閉じないから
瞼の裏　透けたスクリーン

暑い日の昼下がり

今も考えてる　ずっと考えてた
どれくらいかな　左手にあった
アイスキャンディ　なくなってたから
立ち上がって　歩き出した

まとまっていない気持ちだけれど　届けてみたいから

君のいる所に会いに行くよ　会いに行くよ

君の住む街に会いに行くよ
君に言葉持って行くよ

バイク横切って　風と匂いが
あの日の風景　思い出させてくれた
間違いないよ　さらに足は進んで
はずんだ呼吸に　ニヤけちゃって

コンパス指さない地図なんだけど　迷ったりしないよ

君のいる所に会いに行くよ　会いに行くよ
君の住む街に会いに行くよ
君と空が広がっていくよ

君のいる所に会いに行くよ　会いに行くよ
君の住む街に会いに行くよ
君に言葉持って行くよ

パンチドランカー

多分3分で虜だぜ　うねりあげているテレキャスター
ものの3分でステージは　炎上げたような雰囲気さ

それはあたかもダイナマイト　誰しもかれしもぶっ飛ばす
そこに居合わせた女の子　あと10秒で目から鱗
パンチドランカー　パンチドランカー　パンチドランカー

一撃必殺早業で　感情線に突き刺さる
耳を劈くように鳴るギター　あと3秒で目から鱗
パンチドランカー　パンチドランカー　パンチドランカー

夕べの気持ち忘れられなくて
部屋暗くして思い出す
高揚してきたこの部屋の中
なぜか身体が踊りだすぜ

多分3分で虜だぜ　うねりあげているテレキャスター
ものの3分でステージは　炎上げたような雰囲気さ
パンチドランカー　パンチドランカー　パンチドランカー

Mirror

君が君の中の僕を見て
僕は僕の中の君を見る
迷路の中で会おう
にじんだままでもいいよ

しかめ顔の君にさりげなく
「らりるれろ」といたずらをするよ
まだらな君を見せて
隠したがりでいいね

君は君の中の君を作って
僕は僕の中の僕を得る
迷路の中で会おう
にじんだままでもいいよ
まだらな君を見せて
隠したがりでいいね

眠れぬ夜

また今夜も眠れぬ夜になりそうな気がした

部屋の壁の色褪せ方が気になる今日この頃
もういいだろうと　意味は無くとも
君の声を聞きたくなる

そしてできれば　何より君に先ず
伝えたい事がある
嫌がられる程何もかも
さらけてしまえたらいい

そしてできれば　何より君に先ず
伝えたい事がある
嫌がられる程何もかも
さらけてしまえたらいい

「消えるな 太陽」

No.

1 A 映画の主人公になってみたいなんて誰もが思うさ
無理な事も承知の上で映画館に足を運ぶ俺

A ステレオのボリュームを上げて
詩の無いラブソングをかけて
ありったけアドレナリン出して
目が回るだけ

B ああ 欲しいメッセージ (あーあー)
要らないメッセージ (あーあー)
どんなメッセージ (あーあー)
解らない暗い街にせめてもの光を

2 A レコードの針を持ち上げて
ラジオに切り換えたらすぐ
頭に来る女の声で
目が回るだけ

B (1番と同じ)

サ 消えるな太陽 沈むな太陽
消えるな太陽 沈むな太陽

間奏

B (1番と同じ)

サ 燃えあがれ太陽 照らせよ太陽
燃えあがれ太陽 照らせよ太陽

注釈　2003年発売のミニアルバム『アラモード』レコーディング時に志村正彦本人によって書かれた「消えるな太陽」の歌詞。作品になったものと多少の相違がある。

収録作品データ

『フジファブリック』 2004年11月10日

『ＦＡＢ ＦＯＸ』 2005年11月9日

『蒼い鳥』 2007年1月10日

『ＴＥＥＮＡＧＥＲ』 2008年1月23日

『ＣＨＲＯＮＩＣＬＥ』 2009年5月20日

『アラカルト』 2002年10月21日

『アラモード』 2003年6月21日

『NAGISAにて』 2004年7月14日 シングル『陽炎』カップリング曲

『虫の祭り』 2004年9月29日 シングル『赤黄色の金木犀』カップリング曲

『黒服の人』 2005年2月2日 シングル『銀河』カップリング曲

『蜃気楼』 2005年9月7日 シングル『茜色の夕日』カップリング曲

『ムーンライト』 2005年9月7日 シングル『茜色の夕日』カップリング曲

『Day Dripper』 2007年6月6日 シングル『Surfer King』カップリング曲

『スパイダーとバレリーナ』 2007年9月5日 シングル『パッション・フルーツ』カップリング曲

『Cheese Burger』 2007年9月5日 シングル『パッション・フルーツ』カップリング曲

『セレナーデ』 2007年11月7日 シングル『若者のすべて』カップリング曲

『熊の惑星』 2007年11月7日 シングル『若者のすべて』カップリング曲

『ルーティーン』 2009年4月8日 シングル『Sugar!!』カップリング曲

『Master Line』 2010年6月30日 完全限定BOX『FAB BOX』に収録

『シェリー』 2010年6月30日 完全限定BOX『FAB BOX』に収録

『どんどこ男』 2008年10月8日 藤井フミヤ『F's KITCHEN』に収録

『DOKI DOKI』 2009年2月25日 PUFFYシングル『日和姫』カップリング曲

『ＭＵＳＩＣ』 2010年7月28日

（複数のアルバムに収録されている楽曲に関しては、重複掲載を割愛しております）

志村正彦 しむらまさひこ

1980年7月10日生まれ、山梨県富士吉田市出身。

2000年、ボーカルとギターを担当し、フジファブリック結成。

以降、メンバーチェンジを経ながらも、バンドの中枢として
ほとんどすべての楽曲の作詞、作曲を手がける。

インディーズアルバム『アラカルト』、『アラモード』の発売を経て、
2004年、シングル『桜の季節』でメジャーデビュー。

同年、ファーストアルバム『フジファブリック』発売。

繊細な風景描写や実体験をモチーフにした切実な心理描写、
独創的で突き抜けた歌詞表現が高い評価を得る。

2005年、セカンドアルバム『FAB FOX』発売。

2007年、両国国技館にて、初のアリーナ公演。

2008年、サードアルバム『TEENAGER』発売。

2009年、4枚目のアルバム『CHRONICLE』発売。

2009年12月24日急逝。

2010年、残された楽曲をフジファブリックのメンバー3人が完成させるという形で、
5枚目のアルバム『MUSIC』発売。今もなお、新しいファンを増やし続けている。

ヤクザネコ
画：志村正彦

志村正彦全詩集 新装版

二〇一一年一二月二二日　初版第一刷発行
二〇一九年七月一〇日　新装版第一刷発行
二〇二三年六月一七日　新装版第二刷発行

著　志村正彦

装　丁　名久井直子
編集担当　杉田淳子
編集協力　山岸ケン（ソニー・ミュージックアーティスツ）
　　　　　大森ゆかり（ソニー・ミュージックアーティスツ）
　　　　　芦澤紀子（ソニー・ミュージックアソシエイテッドレコーズ）

発行者　宇都宮誠樹
編　集　藤本真佐夫　坂口亮太
発行所　株式会社パルコ　エンタテインメント事業部
　　　　〒一五〇-〇〇四二　東京都渋谷区宇田川町一五-一
　　　　https://publishing.parco.jp

印刷・製本　図書印刷株式会社

ISBN978-4-86506-307-3　C0095